冯至 著

昨日之歌

冯至

文存

天津出版传媒集团

天津人民出版社

图书在版编目（CIP）数据

昨日之歌 / 冯至著 . —— 天津：天津人民出版社，
2022.3

（冯至文存）

ISBN 978-7-201-18076-2

Ⅰ . ①昨… Ⅱ . ①冯… Ⅲ . ①诗集 – 中国 – 当代
Ⅳ . ① I227

中国版本图书馆 CIP 数据核字 (2022) 第 000745 号

昨日之歌
ZUORI ZHI GE

出　　版	天津人民出版社
出 版 人	刘　庆
地　　址	天津市和平区西康路 35 号康岳大厦
邮政编码	300051
邮购电话	（022）23332469
电子信箱	reader@tjrmcbs.com
责任编辑	李　荣
装帧设计	今亮後聲 HOPESOUND 2580590616@qq.com · 张今亮 欧阳倩文 核漫
印　　刷	北京金特印刷有限责任公司
经　　销	新华书店
开　　本	880 毫米 × 1230 毫米　1/32
印　　张	4
字　　数	128 千字
版次印次	2022 年 3 月第 1 版　2022 年 3 月第 1 次印刷
定　　价	29.80 元

● 如何收听《昨日之歌》全本有声书？

①微信扫描左边的二维码关注"领读文化"公众号。
②后台回复【昨日之歌】，即可获取兑换券。
③扫描兑换券二维码，免费兑换全本有声书。

● 去哪里查看已购买的有声书？

方法 ①
兑换成功后，收藏已购有声书专栏，
即可在微信收藏列表中找到已购有声书。

方法 ②
在"领读文化"公众号菜单栏点击"我的课程"，
即可找到已购有声书。

目　录

出版说明 ………………………………… 01

上　卷

绿衣人 …………………………………… 002

问 ………………………………………… 003

满天星光 ………………………………… 005

一颗明珠 ………………………………… 007

不能容忍了 ……………………………… 008

夜深了 …………………………………… 009

暮雨 ……………………………………… 011

楼上 ……………………………………… 012

新的故乡 ………………………………… 014

歌女 ……………………………………… 016

小船 ……………………………………… 018

狂风中 …………………………………… 019

残余的酒 ………………………………… 020

怀 —— …………………………………… 022

追忆 ……………………………………… 023

初夏杂句 …………………………… 024

别友 …………………………………… 027

窗外 …………………………………… 029

聋者的暗示 ………………………… 031

宴席上 ……………………………… 032

残年 …………………………………… 036

你 —— ……………………………… 037

秋千架上 …………………………… 038

春的歌 ……………………………… 039

琴声 …………………………………… 040

在海水浴场 ………………………… 042

沙中 …………………………………… 043

海滨 …………………………………… 044

墓旁 …………………………………… 045

雨夜 …………………………………… 046

孤云 …………………………………… 048

我是一条小河 …………………… 049

夜步 …………………………………… 051

如果你 ……………………………… 052

怀友人 Y.H. ……………………… 053

遥遥 ···························· 056

在郊原 ························· 058

"晚报" ························· 060

在阴影中 ····················· 062

工作 ························· 064

永久 ························· 066

你倚着楼窗 ··················· 067

默 ··························· 068

我愿意听 ····················· 069

蛇 ··························· 070

秋战 ························· 071

风夜 ························· 074

"最后之歌" ··················· 075

下　卷

吹箫人的故事 ················· 080

帷幔 —— 一个民间的故事 ········· 090

蚕马 ························· 099

寺门之前 ····················· 107

出版说明

1925 年，冯至和杨晦、陈翔鹤、陈炜谟等成立沉钟社，出版《沉钟》周刊、半月刊和《沉钟丛刊》。《昨日之歌》为《沉钟丛刊》第二种，初版于 1927 年 4 月 1 日，收录冯至于 1921—1926 年间所写的 50 首诗。

　　本集部分诗的标题、表述及标点符号与首次发表版本有所出入，此系后来编入《冯至诗选》《冯至选集》时，冯至先生做了不同程度的修改，本集部分诗歌据《冯至选集》录入，敬请读者知悉。

上　卷

绿衣人

1921

一个绿衣的邮夫，

低着头儿走路；

也有时看看路旁。

他的面貌很平常，

大半安于他的生活，

不带着一点悲伤。

谁也不注意他

日日的来来往往！

但是在这疮痍满目的时代，

他手里拿着多少不幸的消息？

当他正在敲人家的门时，

谁又留神或想，

"这家人可怕的时候到了！"

问

1922
暮春

他问他的至爱人，"你爱我吗？"

她说，"我是爱你的。"

他们身旁的玫瑰盛开，他便摘下一朵，
　　挂在她的胸前了。

第二天他又问他的至爱人，"你为什么
　　爱我？"

她说，"我为爱你而爱你，人间只有你是
　　我所爱的。"

他们身旁的玫瑰尚未凋谢，他又摘下一
　　朵，挂在她的胸前了。

第三天他问他的至爱人，"你怎样的
　　爱我？"

她说，"我是爱你的，无条件的爱你 ——
　　与爱我的生命一样。"

他们身旁的玫瑰只剩下几朵了，他还摘
　　下一朵，挂在她的胸前。

最后他问他的至爱人，"你爱我，要
　　怎样？"
她不能回答。—被快乐隐去的泪，一起
　　流出来了！
他们身旁的玫瑰，一朵也没有了！

满天星光

1923

我把这满天的星光，
聚拢在我的怀里，
把它们当作颗颗的泪珠，
用情丝细细地穿起 ——
穿成了一件外氅，
披在爱人的身上！
还有那西边的
弯弯的月儿，
也慢慢取了下来，
去梳她那温柔的头发。

我们赞叹着古代的仙人，
我们吹着箫，
我们吹着笙，
我们的音调密吻，
我们御风而行，
我们到了天空，

天的最上层 ——
将外氅打开，
另把这满天的星斗安排！
重把笙箫合奏，
超脱了世上的荣华，
同那些浮浅的悲哀！

一颗明珠

1923   我有一颗明珠,
深深藏在怀里;
恐怕它光芒太露,
用重重泪膜蒙起。

我这颗明珠,
是人们掠夺之余:
它的青色光焰,
只照我心里酸凄!

不能容忍了

1923

我不能容忍了！
我把我的胸怀剖开，
取出血红的心儿，
捧着它到了人丛处。

有的含着讥诮走远了，
有的含着畏惧走远了；
只剩下我一个人，
我只得也缓缓地走去。

到了十几处，
十几处都是如此。
抱了心儿暂时休息着，
人们又在那边聚集着。

夜深了

1923

夜深了，神啊 ——
引我到那个地方去吧！
那里无人来往，
只有一朵花儿哭泣。

夜深了，神啊 ——
引我到那个地方去吧！
更苍白的月光，
照着花儿孤寂。

夜深了，神啊 ——
引我到那个地方去吧！
那里是怎样的凄凉，
但花瓣儿有些温暖的呼吸。

夜深了，神啊 ——

引我到那个地方去吧!
我要狂吻那柔弱的花瓣,
在花儿身边长息!

暮雨

1923

醒后正黄昏，
窗外雨声淅淅，
啊，初春的暮雨！

将我的心儿掩埋了，
眼前又是一春的
落花飞絮……

楼上

1923

——天上啊，人间！
我望遍
东西南北，
这般无意绪 ——
下去吧，
我又如何下去？

天上沉寂，
人间纷纭 ——
这里又怎能供我
长久徘徊！
怅惘，孤独，
终于归向何处？

云含愁，
水轻绉 ——
我若知它们的深意，

就该投入水里，
或跑到西山，
入了云深处！

身寒，心战！
风，吹我如何下去？
展开书，
书里夹着黄花，——
我为了我的命运吻它，
我为了它的命运哭泣。

新的故乡 *

1923

灿烂的银花，
在晴朗的天空飘散；
金黄的阳光
把屋顶树枝染遍。

驯美的白鸽儿
来自什么地方？
它们引我翘望着
一个新的故乡：

汪洋的大海，
浓郁的森林，

*原题为《归去》，为组诗《残余的酒》
之一首。

故乡的朋友，
都在那里歌吟。

这里一切安眠
在春暖的被里，
我但愿向着
新的故乡飞去！

歌女 *

1923

梦见一个歌女，
抱着琵琶歌唱；
她的哀怨之音，
睡眠在四条弦上。

乌黑的头发
烘托出忧郁的面貌，
身着雪白衣裳，
双颊微微若笑。

尽是些浪漫的歌词，
她的歌声靡靡——
"窗外雨正凄凄，
儿女对灯啼泣！"

* 原为组诗《残余的酒》之一首。

最后我忍不住了，
倒在她的怀里，
握住她的手儿，
她再也唱不下去。

她滴下一颗泪珠，
滴在我的口内，
我郑重地把它咽了，
说不出的辛酸滋味！

小船 *

1923

心湖的
芦苇深处，
一个采菱的
小船停泊；

它的主人，
一去无音信，
风风雨雨，
小小的船篷将折！

* 原题为《小艇》，为组诗《残余的酒》之
一首。

狂风中 *

1923

无边的星海，
更像狂风一般激荡！
几万万颗的星球，
一齐地沉沦到底！

剩下了牛女二星，
在泪水积成的天河，
划起轻妙的小艇，
唱着哀婉的情歌。

愿有一位女神，
把快要毁灭的星球，
一瓢瓢，用天河的水，
另洗出一种光明！

* 原为组诗《残余的酒》之一首。

残余的酒 *

1923

"上帝给我们，
只这一杯酒啊！"
这么一杯酒，
我又不知爱惜——
走过一个姑娘，
我就捧着给她喝；
她还不曾看见，
酒却洒了许多！
我只好加水吧，
不知加了多少次了！

可怜我这一杯酒啊！
一杯酒的残余呀！
那些处女的眉头，

* 原为组诗《残余的酒》之《序诗》。

是怎样一杯浓酒的充溢！
我实在有些害羞了，
我明知我的酒没有一些酒力了，
——我还是不能不
把这杯淡淡的水酒，
送到她们绛红的唇边，
请她们尝一尝啊！

怀——*

1923

若是我，眼皮微微合上，
啊！你这蓝帽的女郎 ——

你既穿着灰色衣裙，
为何又戴着那蓝色的草帽？
惹得我的梦魂儿，
尽在你的身边缠绕！

风声中的雨声，
这般断断续续 ——
纷纷乱乱的人间，
你今宵睡在何处？

啊，在少女幽静甜美的睡中，
可能有路上不相识的青年入梦！

* 原为组诗《残余的酒》之一首。

追忆 *

1923

日光满窗了!
你还微闭着眼,
躺在床上,
作什么追忆?

"啊,我昨夜所想的,
那甜美的境地 ——
在最甜美的时候,
我昏昏睡去了!"

* 原为组诗《残余的酒》之一首。

初夏杂句 *

1923

1

"红的，红的，红樱桃，"
"青的，青的，青杏子，"——
于今都哪里去了
那半月前的飞絮?

2

最怕听，苍蝇同蜜蜂，
在日光中的歌调，
最怕听的是，万籁声中
隐约约，夏天到了!

* 原题为《初夏》，为组诗《残余的酒》之
一首。

3

恹恹地又度了一春,
春已尽，自家还不知觉。
夜雨潇潇,
唱着"所罗门"的牧歌;
——可怜的牧童啊，就是羊儿
都寻，寻也寻不着了!

4

那晚的一钩新月,
一直的被我望入
西北的浓云中 ——
等了不知多少时,
它却终于出不来，云幕的重重!

5

并不曾那样像去年，
听取燕子的呢呢，
戴胜鸟的啼声，
也不知尽向何处去？

6

偶然隔着楼窗，
望那夕阳染遍的杨柳 ——
唱多少遍古代的诗词，
无奈柳阴下没有河流，
泛不来采莲的小舟！

别友 *

1923

1

好一个悲壮的
悲壮的别离呀。
满城的急风骤雨,
都聚在车站
车站的送别人
送别人的心头了。

雄浑的风雨声中,
哪容人轻轻地
说些委婉的别语?
朋友, 你自望东,
我自望西,

---

* 原题为《别羡季》, 曾改题为《别 K.》, 为组
诗《残余的酒》之一首。 羡季、K. 即顾随。

莫回顾，从此小别了。

2

赞颂狂风暴雨，
因为狂风暴雨后，
才有这般清凉的世界。
我失掉了什么？
啊，车轮轧轧的声音
重唤起我缠绵的情绪。

梦一般寂静地过去了，
心里没有悲伤，
眼中没有清泪；
朋友，你仔细地餐
餐这比什么都甜
比一切都苦的美味吧！

窗外 *

1923

老槐的
英雄姿态!
金绿的叶儿,
随着微风摇摆,

无数黑衣的
燕子飞翔 ——
似谁家吹玉笛,
吹得声音嘹亮!

青天只有白云,
白云沉思无语,
雀鸟儿不住地
在何处唧唧?

* 原为组诗《残余的酒》之一首。

灰色屋顶，

也披满夕阳，

瓦垄上渍着的石灰，

正如耶稣的白衣跪像！

瞽者的暗示

1923

黄昏以后了，
我在这深深的
深深的巷子里，
寻找我的遗失。

来了一个瞽者，
弹着哀怨的三弦，
向没有尽头的
暗森森的巷中走去。

宴席上 *

1923　　双十节的夜里，听友人 C. 君叙他今夏在西湖
玛瑙寺中的梦境，同时又谈及远方朋友的运
命遭逢；成此诗，寄给上海的 C. 君及印度洋
上的 L. 君。

蜡烛更换了三遍了，
怎么还不天明呢？
窗纸既不发白，
鸡声也是辽远呀。

这是我们的厨娘，
备下了这席圣宴，
有厚味的菜，
有喝不尽的美酒。

* 原有副题"——呈如稷，翔鹤；并示 C 君"，
后删去，并增一小序。

她频频对我们叙说，
她如何善于烹饪 ——
她说，甜的味儿如何浅，
辛酸的，是怎样深沉。

我们都静默无言，
更含了几分醉意。
窗外不知什么声响，
可是风吹落叶沙沙？

还没有到了深秋，
哪会有许多落叶 ——
原是弹人心曲的姑娘，
轻轻地推门而入。

在这样的席上，
她是十分可爱的 ——

她的双颊苍白，
唇上点染着一些红色。

她抱着什么乐器，
我也无从认识。
只那团如云的乌发，
却鬅鬙着几点温柔。

她将她的乐器，
慢慢地弹动了 ——
她轻缓的歌声，
正如她衣衫的清淡。

"他愁苦了他的青春，
只想换她的换不来的心。
她最后把心捧到他的面前，
可是他说，他已经作了僧人！"

"酒变成泪，泪又变成酒，
何处寻，那寻不到的真情！
在风雨阴霾之夜，
他孤零零地徘徊荒径！"

"终于是两手空空地
可怜他东西南北的狂奔,
又到了茫茫海外, 可容他
'寂对河山叩国魂'!"

她唱完了这么三个曲子,
席上的静默更可怕了。
我满满斟了一杯酒,
送到她的唇边。

她接了我的酒杯,
把乐器放在一旁;
一杯酒都被她饮尽了,
乐器的余音还在微微地响!

残年 *

朋友啊，

酒冷，茶残！

我们默默，

噤若寒蝉。

无可诅咒，

无可赞美：

百般的花朵，

一样的枯萎！

我们默默，

噤若寒蝉 ——

朋友啊，

酒冷，茶残！

* 原题为《赠 C.S. 君》，为组诗《残年》第
一首。

你——

1924

一天我委委曲曲地
向着你的明眸泣告 ——
人间是怎样的无情，
我感受的尽是苦恼。

你殷殷勤勤地劝我，
忧思，能够令人衰老；
你更问我能不能，
向着你的明眸微笑！

你的话是雨后的南风，
将我的愁云尽都吹散；
但我仔细看你的眼眶里，
也是汪汪地泪珠含满！

秋千架上

1924

我躺在嫩绿的浅草上，
望着你荡起秋千；
春愁随着你荡来荡去，
尽化作淡淡的青烟。

我的姑娘，你看那落日，
它又在暮霭里销沉 ——
只剩下红云几抹。
冷清清，四顾无人！

春的歌

1924

丁香花，你是什么时候开放的？
莫非是我前日为了她，
为她哭泣的时候？

海棠的花蕾，你是什么时候生长的？
莫非是我为了她的憧影，
敛去了愁容的时候？

燕子，你是什么时候来到的？
莫非是我昨夜相思，
相思正浓的时候？

丁香，海棠，燕子，我还是想啊，
想为她唱些"春的歌"，
无奈已是暮春的时候！

琴声 *

1924

绿树外，小窗内，
是谁家肯把
这样轻婉的幽思，
缕缕地写在静夜里？

夜色随了琴声颤动，
颤动得山上山下的树
都开遍了花，
微风吹着花儿细语。

最后那弹琴人
情愿把沉逸的哀音
变为响亮。

* 原题为《绿树外》，后略有删节，改为
《琴声》。

好惹得远远近近

都泪琅琅

滴满了襟裳!

在海水浴场 *

1924

浪来了，你跳入海中，
浪平了，又从海中跳起，
跳在平板的船儿上，
唱着你故乡的歌曲。

浴衣衬着你的肌肤，
金发披在你的双肩，
岩石为着你含了愁容，
潮水为着你充满疯癫。

我可是在什么地方，
好像是见过你的情郎？
他夜间在阴森的林里，
望着树疏处的星星叹息！

*原题为《浪来了……》，为组诗《在海水浴场》第一首。

沙中 *

1924

在这松散的沙中，
却于一团温馨凝聚；
唇儿吻在沙里边，
深吻着脂汗的香气。

我的双臂懒懒地
向暖暖的空中前伸，
依然触着了（那昨天的）
柔腻的玉体横陈——

怎能从这海浪里，
涌出来魔术的少女，——
倩她擭去了我的灵魂，
只剩下唇在沙中狂吻！

* 原为组诗《在海水浴场》第二首。

海滨 *

1924

风吹着发：又长了一分，
烦恼也增了一寸；
雄浑无边的大海，
它怎管人的困顿！

那边是悲切的军笳，
树林中蝉声像火焰；
波浪把一座太阳
闪化作星光万点。

远远的归帆
它告我新闻一件：
"有只船儿葬在海心，
在一个凄清的夜半！"

* 原题为《风吹着发……》，为组诗《在海水
浴场》第三首。

墓旁

1924

我乘着斜风细雨，
来到了一家坟墓；
墓旁一棵木堇花，
便惹得风狂雨妒。

一座女孩的雕像
头儿轻轻地低着 ——
风在她的睫上边
吹上了一颗雨珠。

我摘下一朵花儿，
悄悄放在衣袋里；
同时那颗雨珠儿
也随着落了下去！

雨夜

1924

树林里聚集着
无数的幽灵，
它们又歌又舞，
踏着风声雨声。

蟋蟀在草里鸣叫，
它们永不停息；
可有个行路的人
在林里迷失？

闪电闪在林里，
照给他一条小道 ——
蝉在树上骤然鸣，
鸟在谷中应声叫。

雷声击在林里，
幽灵们四方散去，

散到隐秘的地方，
唱着凄凉的歌曲：

"憔悴的马樱花须，
愁遍山崖的薜荔，
随着冷雨凄风
吹入人间的美梦里。"

孤云

寄友

1924

我对望亭亭的孤云,
凄惶欲泣。

它来自北方的
那座灰色城里。

在那座城里
事事都成陈迹。

我怎能把它
也撕成千丝万缕?

我是一条小河

1925

我是一条小河，
我无心从你的身边流过，
你无心把你彩霞般的影儿
投入了我河水的柔波。

我流过一座森林，
柔波便荡荡地
把那些碧绿的叶影儿
裁剪成你的衣裳。

我流过一座花丛，
柔波便粼粼地
把那些彩色的花影儿
编织成你的花冠。

最后我终于
流入无情的大海，

海上的风又厉，浪又狂，
吹折了花冠，击碎了衣裳！

我也随了海潮漂漾，
漂漾到无边的地方；
你那彩霞般的影儿
也和幻散了的彩霞一样！

夜步

一只烛光苍苍地
在那寂寞的窗内 ——
既不照盛筵绮席,
更不照恋人幽会。

几粒星光茫茫地
映在这死静的河内 ——
既无人当作珍珠串起,
更无人当作滴滴清泪。

烛光啊, 你永久苍苍,
星光啊, 你永久茫茫:
我永久从这夜色中
拾来些空虚的惆怅!

如果你……

三春将尽，K. 从海滨寄赠樱花残瓣，作此答之。

如果你在黄昏的深巷
看见了一个人儿如影，
当他走入暮色时，
请你多多地把些花儿
向他抛去！

"他"是我旧日的梦痕，
又是我灯下的深愁浅闷：
当你把花儿向他抛散时，
便代替了我日夜乞求的
泪落如雨 ——

怀友人 Y.H.*

1925

1

当燕子归来的黄昏，
我一人静静悄悄
在你旧居的窗前，
梦游一般地走到。

寂寂静静，
我轻轻地叫着你的名儿，
窗内仿佛有人答应。

我傍着窗儿痴等，
但是窗儿呀总是不开；

*原题《怀 Y. 兄》，略作改动，改题为《怀友人 Y.H.》，Y.H. 即杨晦。

一直等到了冷月凄清，
朋友啊，你那时在哪里徘徊？

2

那夜风雨后，
正像是我们去年的一天，
满院嗅着柳芽香，
满地踏着残花瓣。

寂寂静静，
我轻轻地叫着你的名儿，
云内仿佛有人答应。

我靠着树干痴等，
但是阴云呀总不散开，
一直等到了夜阑更深，
朋友啊，你那时在哪里徘徊？

3

我像是古代的牧童，
失掉了他的绵羊；
我像是中古的诗人，
失掉了他的幻想。

寂寂静静，
我轻轻地叫着你的名儿，
远方总仿佛有人答应。

我望着凄艳的夕阳，
我望着幽沉的星海，
望得我心滞神伤，
朋友啊，你那时在哪里徘徊？

遥遥

1925

你那儿的芦花也白了，
我这儿的芦花也白了。
我凝神将芦花细数，
像是一里一程地走近了你；
我数尽了无数颗，
却终于是怅怅地 ——
千里外，真是遥遥啊！

你那儿的夕阳也要落了，
我这儿的夕阳也要落了。
黄金色的在云里，
恰似我那昨宵的梦。
一带模糊的青山，
轻轻描上了我的心头 ——
千里外真是遥遥啊！

你那儿的果子也熟了，
我这儿的果子也熟了。
绿色的失去了希望，
红色的尽都凋落了：
相思到了这般境地，
也只有听那流水的殷殷 ——
千里外真是遥遥啊！

在郊原

1925

续了又断的
是我的琴弦,
我放下又拾起
是你的眉盼。
我一人游荡在郊原,
把恋情比作了夕阳奄奄。

它是那红色的夕阳,
运命啊淡似青山,
青山被夕阳烘化了
在茫茫的暮色里边。

我愿徬徨在空虚内,
化作了风丝和雨丝:
雨丝缀在花之间,
风丝挂在树之巅,
你应该是个采撷人,

花叶都编成你的花篮。

花篮里装载着
风雨的深情 ——
更丝丝缕缕的
是可怜的生命。

我一人游荡在郊原，
把运命比作了青山淡淡。
续了又断的
是我的琴弦，
我放下又拾起
是你的眉盼。

"晚报"

—— 赠卖报童子

1926

夜半的北京的长街，
狂风伴着你尽力地呼叫：
　　"晚报！晚报！晚报！"
但是没有一家把门开 ——
同时我的心里也叫出来，
　　"爱！爱！爱！"

我们是同样的悲哀，
我们在同样荒凉的轨道。
　　"晚报！晚报！晚报！"
但是没有一家把门开 ——
人影儿闪闪地落在尘埃，
　　"爱！爱！爱！"

一卷卷地在你的怀，
风越冷，越要紧紧地抱。
　　"晚报！晚报！晚报！"

但是没有一家把门开 ——
一团团地在我的怀,
　　"爱! 爱! 爱!"

在阴影中

1926

我在阴影中摸索着死，
她在那边紧握着光明。
神呀，我愿一人走入地狱里，
森森地走入了最深层；
在地狱的中途尝遍了
冰雹同烈火，暴雨和狂风。

烈火与冰雹，
为了她同我的深情；
狂雨与暴风，
为了她同我的生命：
神呀，我今夜向你呼号，
是最后的三声两声！

从此我转头不顾，
莫尽在淡淡的影里求生！
我一人棱棱地昂首，

在那地狱的深层 ——

望着她将光明紧握,

永久地, 永久地向上升腾!

工作

聪明的姑娘啊，告诉我说，
我是一个可怜的人，
我应该怎样的工作？
我的春夏是有限的几天，
我的严冬啊，却是，
却是那样的久远！

我是不是应当，
为了那后日的荒凉 ——
从你的面庞摘下来
那永不凋残的花朵，
在我的心中注满了
你漾漾地眼角的柔波？

我是不是应当，
为了那后日的荒凉 ——
先听你千声万声的呼唤，

在空中化作了旗旛一扇,
它引导着我,（万事苍苍,）
走入将来的人海茫茫!

永久

我若是个印度人，
便迈入了浓密的森林；
我若是个俄国人，
便踏上了冰天雪地：
因为它们都是永久的，
在南天，在北极。

我呀，我生在温带的国里，
没有雪地没有森林 ——
我追寻我的永久的，
我的永久的可是你？
但是我怎样的走进呀，
永久里，永久里？

你倚着楼窗……

你倚着楼窗向下望，
会望见长街弥漫的尘沙；
但是你望不见沙中埋没的
路上的我，路畔的槐花。

风会把花香吹扬给你，
我，我可像真珠永沉大海 ——
没有你的目光到我的身边，
我怎样才能有光彩！

同乞丐是一样的运命，
在神的那儿永无名姓：
一旦我踉跄地死在路旁，
将怎样的刻呀，我的墓铭？

默

1926

风也沉默，
水也沉默 ——
没有沉默的
是那万尺的晴丝，
同我们全身的脉络。

晴丝荡荡地沾惹着湖面，
脉络轻轻地叩我们心房 ——
在这万里无声的里边，
我悄悄地
叫你一声！

这时水也起了绉纹，
风在树间舞蹈 ——
我们晕晕地，朦朦地，
像一对河里的小鱼，
滚入了海水的涛浪。

我愿意听……

春夜呀，

拂着春风 ——

我愿意听，

你的唇边说，Oui！（法语"是"）

秋夜呀，

冷露零零 ——

我愿意听，

你的眼角说，Non！（法语"不"）

春夜从你的唇边

吻来的，

秋夜好从我的眼角

——流去！

蛇

1926   我的寂寞是一条蛇，
       静静地没有言语 ——
       你万一梦到它时，
       千万啊，不要悚惧！

       它是我忠诚的侣伴，
       心里害着热烈的乡思：
       它想那茂密的草原 ——
       你头上的，浓郁的乌丝。

       它月影一般轻轻地
       从你那儿轻轻走过；
       它把你的梦境衔了来
       像一只绯红的花朵。

秋战

都说我是还年青，还勇敢 ——
但是一个天大的疲倦呀，
凭空地落到我的身边；
　　兴奋地歌唱啊，
"为了死亡，为了秋天！"

我的眼是这样的昏迷，
我的心是这样的荒乱，
像是黄昏铺盖了家家的坟墓，
黑夜呀，来自风涛的彼岸！

杳杳地走过了秋的队伍，
那是风和雨，落叶与沙尘，
悲笳，马蹄，还有远远地
远远地战场上的哀音。

战场在我的心田上，——

神啊，你可曾听见了这里的杀声？
疲倦长久地落在我的身边，
　　兴奋地歌唱啊，
"为了死亡，为了秋天！"

我又辛苦，又空虚，
仿佛一个沙漠的国王——
他只有头上的乌褐的云彩，
我呀，黑色的旗子在面前飘荡！

那是母亲遗留的赠品，
当她在战场上败退的一瞬，
她撕下一半永留在我的面前，
其余的，引导着她的灵魂长殒！

如今只有它在战场上耀耀飞扬，
不知是欣欢，还是凄惨？
疲倦长久地落在我的身边，
　　兴奋地歌唱啊，
"为了死亡，为了秋天！"

都说我是还年青，还勇敢 ——
哪里有力量啊，把这个队伍赶散？
春日的和平，是那样的辽远，
油油的绿草，尽被战马摧残！

风吹着旗子，旗子扫着风，
满地是战士的骸骨 ——
殷勤的圣者会给他们最后的慰安，
十字架竖在高高的坟墓！

神啊，我却永远望不见
望不见十字架上的光灿 ——
疲倦侵蚀了我的衷心，
　　兴奋地歌唱啊，
"为了死亡，为了秋天！"

风夜

"也是这样的风夜，
也是这样的秋天，
我把生命酿成美酒，
频频地送到你的唇边，
一盏，两盏，三盏……"

我屈指殷殷地暗算，
恰恰地满了一年，
我沉埋我这座昏黄的城里，
像海上被了难飘散的船板，
一片，两片，三片……

我今宵静息在秋星下，
如船板飘聚到海湾，
它们再也挡不起海里的汹涛，
我也怕望那风中的星焰，
一闪，两闪，三闪……

"最后之歌"

1926　　　　记起母亲临终的祷告，
　　　　　　　是一曲最后的"生命之歌"，
　　　　　那正是暮春的一晚，
　　　　　另样的光辉漾着她的病脸；
　　　　　　　蜡烛在台上花花地爆，
　　　　　　　仿佛是宇宙啊，没有明朝 ——
　　　　　她把那时的情调深深地交给我，
　　　　　　　还有我衣上的她的手泽！

　　　　　箱子里贮藏着儿时的衣裳，
　　　　　　　心内隐埋着她最后的面庞；
　　　　　偶然把灰尘里的箱子打开，
　　　　　那当时的情味也涌上心来。
　　　　　　　蜡烛在台上花花地爆，
　　　　　　　仿佛是宇宙啊，没有明朝 ——
　　　　　可是中间又踱了许多的年月，
　　　　　　　此刻啊，一个清新的秋夜！

这时我充满了"最后"的情怀，

　　　　秋天的雨冷，冬夜的风悲！

镜中的我的面庞，

却没有另样的光辉；

　　　　蜡烛在台上花花地爆，

　　　　仿佛是宇宙啊，没有明朝 ——

这时我像是上帝的罪人

　　　　临刑时也听不见圣灵的呼叫！

记起母亲临终的祷告，

　　　　是一曲最后的"生命之歌"，

我却凄凄地无依无靠，

只瞥见天边的一缕"柔波"——

　　　　母亲把她的歌声，

　　　　真切地留在儿子的心中；

柔波却是空幻地，荡漾地，

　　　　"来也无影，去也无踪！"

许多的现象不可捉摸，

　　　　却引起许多的灵魂追逐！

沙漠的幻影累死了骆驼，

些微的火焰烧死了灯蛾：

神呀，我可曾向你真挚，
　　像母亲一般地信仰你？
神呀，我今宵向你祷告，
　　只请你给我一些，一些面上的光耀！

静默中神也没有答语，
　　我怔怔地是一人踽踽；
母亲望着他的幼儿，
我望着那柔波一缕。
　　蜡烛在台上花花地爆，
　　仿佛是宇宙啊，没有明朝 ——
我把那无可奈何的希望，
　　尽放在那缕柔波上！

它却像林中的鹿麛，
　　水底的游鱼，
霎时间奔入苍茫的云海，
像一颗流星的永劫！
　　蜡烛在台上花花地爆，
　　仿佛是宇宙啊，没有明朝 ——
阴暗渲染了我的面貌，
　　望着永逝的柔波向神祷告！

在母亲祈祷的床边，

　　牧师曾朗诵着古哲的诗篇。

他说母亲是一朵洁白的

洁白的花朵，开在上帝的花园。

　　在我寂寞的桌旁，

　　现出来一个聪慧的姑娘 ——

"起来吧！骑着骆驼，赶着灯蛾，

　　去追逐残余的那缕柔波！"

下　卷

吹箫人的故事

1923

我唱这段故事，
请大家不要悲伤，
因为只唱到
一个团圆的收场。

1

在古代西方的高山，
有一座洞宇森森；
一个健壮的青年，
在洞中居隐。

不知是何年何月
他独自登上山腰；
身穿着一件布衣，
还带着一枝洞箫。

他望那深深的山谷，
也不知望了多少天，
更辨不清春夏秋冬，
四季的果子常新鲜。

四围好像在睡眠，
他忘却山外的人间，
有时也登上最高峰，
只望见云幕重重。

三十天才有一次，
若是那新月弯弯；
若是那松间翕萃，
把芬芳的冷调轻弹；

若是那夜深静悄，
小溪的细语低低；

若是那树枝风寂，
鸟儿的梦境迷离；

他的心境平和，
他的情怀恬淡，
他吹他的洞箫，
不带一些哀怨。

一夜他已有几分睡意，
浓云却将洞口封闭，
他心中忐忑不安，
这境界他不曾经验。

如水的月光，
尽被浓云遮住，
他辗转枕席，
总是不能入睡。

他顺手拿起洞箫，
无心地慢慢吹起，
为什么今夜的调儿，
含着另样的情绪？

一样的小溪细语，
一样的松间翕萃，
为什么他的眼中，
渐渐含满了清泪？

谁将他的心扉轻叩，
可有人与他合奏？
箫声异乎平素，
不像平素的那样质朴。

2

第二天的早晨，
他好像着了疯癫，
他吹着箫，披着布衫，
奔向喧杂的人间。

箫离不开他的唇边，
眼前飘荡着昨夜的幻像，
银灰的云里烘托着
一个吹箫的女郎。

乌发与云层深处，
不能仔细区分；
浅色的衣裙，
又仿佛微薄的浮云。

她好像是云中的仙女，
却含有人间的情绪；
他紧握着他的洞箫，
他要到人间将她寻找！

眼看着过了一年，
可是在他的箫声里
渐渐失去山里的清幽
和松间的风趣。

他走过无数的市廛，
他走过无数的村镇，
他看见不少的吹箫少女，
却都不是他要寻找的人。

在古庙里的松树下，
有一座印月的池塘，

他暂时忘去了他的寻求，
又感到一年前的清爽。

心境恢复平淡，
箫声也随着和缓，
可是楼上谁家女，
正在朦胧欲睡？

在这里停留了三天，
该计算明日何处去；
啊，烟气氤氲中，
一缕缕是什么声息？

楼上窗内的影儿，
是一个窈窕的少女，
她对谁抒发幽思，
诉说她的衷曲？

他仿佛又看到
一年前云中的幻像，
他哪能自主，
洞箫不往唇边轻放？

月光把他俩的箫声
溶在无边的夜色之中；
深闺与深山的情意
乱纷纷织在一起。

3

流浪无归的青年，
哪能娶豪门娇女？
任凭妈妈怎样慈爱，
严厉的爹爹也难允许。

他俩日夜焦思，
为他俩的愿望努力，
夜夜吹箫的时节，
魂灵儿早合在一起！

今夜为何听不见
楼上的箫声？
他望那座楼窗，
也不见孤悄的人影。

父母才有些活意，
无奈她又病不能起；
药饵俱都无效，
更没有气力吹箫。

梦里洞箫向他说，
"我能医治人间的重病；
因为我的腔子里，
蕴藏着你的精灵。"

他醒来没有迟疑，
把洞箫劈作两半，
煮成了一碗药汤，
送到那病人的床畔。

父母感谢他的厚意，
允许了他们的愿望。
明月依旧团圆，
照着并肩的人儿一双。

啊，月下的人儿一双，
箫已有一枝消亡。

人虽是正在欢欣，
她的洞箫不胜孤单。

他吹她的洞箫，
总是不能如意；
他思念起他自己的，
感到难言的悲戚。

"假如我的洞箫还在，
天堂的门一定大开，
无数仙女为我们，
掷花舞蹈齐来。"

他深切的伤悲，
怎能够向她说明；
后来终于积成了
难于医治的重病。

她最后把她的箫，
也当成惟一的灵药 ——
完成了她的爱情，
完成了他的生命。

尾声

我不能继续歌唱
他们的生活后来怎样。
但愿他们得到一对新箫,
把箫声吹得更为嘹亮。

帷幔 —— 一个民间的故事

1924　　　　　你们望着那葱茏的山腰，

绿树里掩映着一带红墙，

不以为那里只有幽闲，

没有人间的痛苦隐藏。

是西方的、太行的余脉，

有两座高山遥遥峙立；

一个是僧院，一个是尼庵，

两座山腰里抱着这两个庙宇。

二百年前，尼庵里一个少尼

绣下了一张珍奇的帷幔；

每当乡人进香的春节，

却在对面的僧院里展览。

这又错综、又离奇的原由，

出自农人们单纯的话里，

说那少尼在十七岁的时节，
就跪在菩萨龛前，将头发剃去。

她到底是为了什么？
她并不是为了饥寒；
也不是为了多病，
在佛前许下了什么夙愿。

她只是在一个月夜里，
暗暗地离掉了她的家园，
她深深隐藏着她的痛苦，
又被莺鸟儿说出她的幽怨。

她不知走过了多少迷途，
走得月儿圆圆地落在西方；
在雀鸟声中，她走到这座庵前，
庵前有一潭水，微微荡漾。

她在水望着她的面影，
她下了最后的决心，
她毅然走入尼庵中，
情愿在尼庵里消灭她的青春。

老尼含着笑意向她说，
"你既然发愿，我也不能阻挡你，
从此把一切的妄念都要除掉，
这不能比寻常的儿戏！

"虽说你觉得苦海无边，
底是谁将你这个年轻人唤醒？
纵使你在我的面前不肯说，
在佛前忏悔时也要说明！"

"我的师，并没有人把我唤醒，
我只是无意中听见一句，
将来同我共运命的那个人，
是一个又丑陋、又愚蠢的男子。

"无奈婚约早被父母写成，
婚筵也正由亲友筹划；

他们嘻嘻笑笑忘了我的时候，

我背了他们，来到这座山下。

"我的师，这都是真实的话，

我相信你同信菩萨一样；

我情愿消灭了一切执念，

冰一般凝冻我的心肠！"

泪珠儿随着清脆的语声，

一滴滴、一声声，湿遍了衣襟。

老尼说，"你若削去烦恼丝，

泪珠儿也要随着烦恼消尽！"

春风才吹绿了山腰，

秋雨又浇病了檐前的弱柳；

人世间不知有了多少变迁，

尼庵总是没有新鲜，没有陈旧。

过了一天，恰便似过了一年，

眼看就是一年了，回头又好像一天；

水面上早已结了寒冰，

荒凉和寂寞也来自远远的山巅。

正午的阳光，初春般的温暖，
净洁的白鸽儿在空际飞翔；
远远来了一对青年兄妹，
不知是来游览呢，还是来进香？

她看着那个青年的眉端，
蕴藏着难言的深情一缕；
活泼的妹子悄悄地在她身边，
述说起她哥哥的身世。

"美丽的少姑啊，我告诉你，
聪明的你，你说他冤不冤？
只因为一个未婚妻遗弃了他，
他便抱定了永久不婚的志愿。"

她出乎意外，听了这样的话，
字字声声都变成千针万棘；
她想，这个遗弃了他的未婚妻，
会不会就是她自己？

她昏昏地独坐在门前，
落日沉沉，北风凄冷，

她目送着一对兄妹下了山，
一直看到没有一些儿踪影。

寒鸦呀呀地栖在枯枝，
眼前只剩下黄昏一片，
热泪溶解了潭里的寒冰，
暮钟的声音，她仿佛没有听见。

随后她在病中向老尼
说出来她的不应该有的心情；
老尼的心肠虽然冷若冰霜，
也不由得对她有几分同情。

她教她静静地修养，
在庵后的一间小楼。
她不知病了多少时，
嫩绿的林中又听见了鹧鸪。

山巅的积雪被暖风融化，
金甲的虫儿在春光里飞翔；
她的头儿总是低沉着，
漫说升天成佛，早都无望。

只希望将来有那么一天，
被葬入三尺的孤坟。
因为只要是世上所有的，
她都没有了一些儿福分。

炉烟缕缕地催人睡眠，
春风薰薰地吹入窗阁；
一个牧童吹着嘹亮的笛声，
赶着羊儿，由她的楼下走过。

笛声越远，越显得幽扬，
两朵红云浮上苍白的面庞；
她取出一张红色的绸幔，
端详了许久，又放在身旁。

第二日的阳光笛声里，
还掺杂着使人兴奋的歌唱；
她的心里涌出来一朵白莲，
她就把它绣在帷幔的中央。

此后日日的笛声中，
总有一种新鲜的曲调。

她也就按着心意用彩色的线，
水里绣了比目鱼，天上是相思鸟！

她时时刻刻地没有停息，
把帷幔绣成了极乐的世界：
树叶相遮，溪声相应，
只剩下了左方的一角。

她本来还想把她的悲哀，
也绣在那空角的上面；
无奈白露又变成严霜，
深夜里又来了嗷嗷的孤雁。

梧桐的叶儿依依地落，
枫树的叶儿凄凄地红，
风翕翕，雨疏疏，她开了窗儿，
等候着等着那个吹笛的牧童。

"这是我半年来绣成的帷幔，
多谢你的笛声给我许多幻想！
我是一个久病无望的少尼，
这帷幔上绣着我对人间的愿望。

"可是我们永远隔离着；
在两个不同的世界里 ——"
她把这包帷幔抛下去，
匆匆地又将窗儿关闭。

次日的天空布满了浓云，
宇宙都病了三分，更七分愁苦：
一个牧童剃度在对方的僧院，
尼庵内焚化了这年少的尼姑。

现在已经二百多年了，
帷幔还郑重地藏在僧院里。
只是那左方的一角，
至今没有人能够补起。

蚕马

1925

1

溪旁开遍了红花，

天边染上了春霞，

我的心里燃起火焰，

我悄悄地走到她的窗前。

我说，姑娘啊，蚕儿正在初眠，

你的情怀可曾觉得疲倦？

只要你听着我的歌声落了泪，

就不必打开窗门问我，"你是谁？"

在那时，年代真荒远，

路上少行车，水上不见船，

在那荒远的岁月里，

有多少苍凉的情感。

是一个可怜的少女，

没有母亲，父亲又远离，

临行的时候嘱咐她，

"好好耕种着这几亩田地！"

旁边一匹白色的骏马，

父亲眼望着女儿，手指着它，

"它会驯良地帮助你犁地，

它是你忠实的伴侣。"

女儿不懂得什么是别离，

不知父亲往天涯，还是海际。

依旧是风风雨雨，

可是田园呀，一天比一天荒寂。

"父亲呀，你几时才能够回来？

别离真像是汪洋的大海；

马，你可能渡我到海的那边，

去寻找父亲的笑脸？"

她望着眼前的衰花枯叶，

轻抚着骏马的鬣毛，

"如果有一个亲爱的青年，

他必定肯为我到处去寻找！"

她的心里这样想，

天边浮着将落的太阳，

好像有一个含笑的青年，

在她的面前荡漾。

忽然一声响亮的嘶鸣，

把她的痴梦惊醒；

骏马已经投入远远的平芜，

同时也消逝了她面前的幻影！

2

温暖的柳絮成团，

彩色的蝴蝶翩翩，

我心里正燃烧着火焰，

我悄悄地走到她的窗前。

我说，姑娘啊，蚕儿正在三眠，

你的情怀可曾觉得疲倦？

只要你听着我的歌声落了泪，

就不必打开窗门问我，"你是谁？"

荆棘生遍了她的田园，

烦闷占据了她的日夜，
在她那寂静的窗前，
只叫着喳喳的麻雀。
一天又靠着窗儿发呆，
路上远远地起了尘埃；
（她早已不做这个梦了，
这个梦早已在她的梦外。）

现在啊，远远地起了尘埃，
骏马找到了父亲归来；
父亲骑在骏马的背上，
马的嘶鸣变成和谐的歌唱。
父亲吻着女儿的鬓边，
女儿拂着父亲的征尘；
马却跪在她的身边，
止不住全身的汗水淋淋。

父亲像宁静的大海，
她正如莹晶的皎月，
月投入海的深怀，
净化了这烦闷的世界。

只是马跪在她的床边，

整夜地涕泗涟涟，

目光好像明灯两盏，

"姑娘啊，我为你走遍了天边！

她拍着马头向它说，

"快快地去到田里犁地！

你不要这样癫痴，

提防着父亲要杀掉了你。"

它一些儿鲜草也不咽，

半瓢儿清水也不饮，

不是向着她的面庞长叹，

就是昏昏地在她的身边睡寝。

3

黄色的蘼芜已经凋残，

到处飞翔黑衣的海燕，

我的心里还燃着余焰，

我悄悄地走到她的窗前。

我说，姑娘啊，蚕儿正在织茧，

你的情怀可曾觉得疲倦？

只要你听着我的歌声落了泪，

就不必打开窗门问我，"你是谁？"

空空旷旷的黑夜里，

窗外是狂风暴雨；

壁上悬挂着一张马皮，

这是她惟一的伴侣。

"亲爱的父亲，你今夜

又流浪在哪里？

你把这匹骏马杀掉了，

我又是凄凉，又是恐惧！

"亲爱的父亲，

电光闪，雷声响，

你丢下了你的女儿，

又是恐惧，又是凄凉！"

"亲爱的姑娘，

你不要凄凉，不要恐惧！

我愿生生世世保护你，

保护你的身体！"

马皮里发出沉重的语声，

她的心儿怦怦，发儿悚悚；

电光射透了她的全身，

皮又随着雷声闪动。

随着风声哀诉，

伴着雨滴悲啼，

"我生生世世地保护你，

只要你好好地睡去！"

一瞬间是个青年的幻影，

一瞬间是那骏马的狂奔：

在大地将要崩溃的一瞬，

马皮紧紧裹住了她的全身！

姑娘啊，我的歌儿还没有唱完，

可是我的琴弦已断；

我惴惴地坐在你的窗前，

要唱完最后的一段：

一霎时风雨都停住，

皓月收束了雷和电；

马皮裹住了她的身体，

月光中变成了雪白的蚕茧。

附注：

传说有蚕女，父为人掠去，惟所乘马在。母曰："有得父还者，以女嫁焉。"马闻言，绝绊而去。数日，父乘马归。母告之故，父不可。马咆哮，父杀之，曝皮于庭。皮忽卷女而去，栖于桑，女化为蚕。

——干宝《搜神记》

寺门之前

1926
夏

暮色染上了赭红的寺门，

翠柳上的金光还不曾退尽，

街上的浮荡着轻软的灰尘，

寺门前憩坐着三五行人 ——

有的是千里外的过客，

有的是左近的村邻，

他们会面的时候都生疏，

霎时间便成为知己，十分亲近。

他们诉说着海外的珍闻，

同着三十年前的争战；

一任行囊委弃，在路旁，

只领略着烟味浓，茶水淡 ——

在他们语言交错的中间，

一个年老的僧人也坐在庙前，

看他那余晖反映的双眼，

可含着什么非常的经验？

一人说他幼时在海滨，
海上还没有火轮 ——
燕子邀请着他们的灵魂，
游历那奇险的乌云，
白鸥也时时约他们，
沉入了海水的深深；
并且听他的祖母说，
水中当真有那喷楼的海蜃。

"只是最近的五十年，
蜃楼再也不出现！"
他一边说一边感叹，
不提防，老僧走近了他们的身畔。
"我也是生长在海边，"
他那没有牙齿的唇儿微微地颤，
"我那时满想，生命有多少年，
蜃楼可以望见多少遍。

"为什么我做了行脚僧，
离开了海滨的风景？
奇彩的蜃楼在脑中，
只剩下一个深深的幻影！

我走过江南的水千道，
我走过西蜀的山万重，
但我最后来到这里，
这里的北方的古城。

"佛呀，我那时还是在少年，
用力打破了层层的难关：
为了西蜀的少妇们
曾经整夜地失过眠 ——"
他的态度很安然，
大家惊讶地面面相观。
"为了江南的姑娘们
曾经整年地觉着心内酸！

"佛呀，我那时还是正年少，
用力解开了结结的烦恼：
每逢走过了繁华之区，
便尽着两腿向前跑 ——
头昏沉，泪含饱，
沾湿了灰色的僧袍；
跑到城外的荒丘，
伸开臂将和风紧抱！

"佛呀，我那时还是在少年，
许下了许多夙愿：
负着我锋利的戈刀
天涯地角都走遍 ——
若遇见暴露的白骨，
便将它珍重地埋掩；
还为它的灵魂祝祷着，
祝祷着来生的安晏！

"年少真是不好过，
内心里起了无限的风波，
风波是那样的险恶，
正像是流下了龙门的黄河。"
"修行真不是件容易事，"
大家漠漠落落地说 ——
谁留神他皱纹的衰颊上，
缀上了泪珠三两颗！

"咳，修行真不是件容易事，
什么地方是西天？
红色的花朵眼也不准看，
绿色的叶子手也不许攀；

挨过了十载的岁月，
好容易踱到了中年，
那时内心稍平定，
才胆敢在路上流连！

"啊！一夜荡荡地是什么情景？
初秋的月亮是一座冰轮，
萤火虫儿尽在草里飞，
冷露湿遍了荒寞的乡村；
据说这座乡村，
才经过了兵抢，又是火焚，
如今只要到了傍午，
便静静地鸡犬不闻。

"在我的面前是什么，
我只一心一意思念着佛；
梦一般地浮漾着
那银光灿烂的恒河，
河上开遍了白莲花，
群神端坐莲花朵 ——
啊，脚下软软地是什么？
佛啊，说起来真是罪过！"

这时大家更惊吓，
他的面貌转成了狞恶。
"在我的脚下是什么？
是一条女子的尸骸半裸！
我的脚踏着她的头发，
我的全身都抖索！
月光照着她的肌肤雪一样的白，
月光照着我的眼睛泥一样的黑！

"这时由于我的直感，
不曾忘记了我的夙愿，
我在路旁的土地上，
还尽力用我的殳刀铲。
我的手无心触着了她，
我的全身血脉都打战，
在无数的战栗的中间，
我把她的全身慢慢都抚遍！

"这时我像是一个魔鬼，
夜深时施展着我的勤劳；
我竟敢将她抱起来，
任凭月光斜斜地将我照！

我的全身都僵凝，
她的心头却仿佛微微跳；
这时我像是挖着了奇宝，
远远的鸱枭嗷嗷地叫！

"我望着她苍白的面孔，
真是呀无限的华严；
眼光钉在她的乳峰上，
那是高高地须弥两座山！
我戏弄，在她的身边，
我呼吸，在她的身边；
全身是腥腐的气味，
夹杂着脂粉的余残。

"最后我枕在尸上边，
享受着异样的睡眠，
我像是枕着腻冷的石绵；
萤火虫儿迷离地，
我真是魔鬼一般 ——
我的梦不曾作了多一半，
鸡已经叫了第三遍，
是什么在身后将我追赶？"

老僧说到这里静无言，
面色凄凄惨惨地变；
大家都压口无声，
一任着夜色来浸淹 ——
"咳，自从可怕的那一晚，
我再也不敢行脚在外边，
于是我在这里住下了，
一住住了三十年！

"在这默默中间的三十年，
蜃楼的幻影回来三十遍 ——
若是那初秋的夕阳，
淡淡地云彩似当年；
可是幻影不久便幻灭，
空剩下一轮明月在高悬，
于是我颤颤地回到方丈内，
还一似躺在女尸的身边！

"这是我日夜的功课！
我的悲哀，我的欢乐！
什么是佛法的无边？
什么是彼岸的乐国？

我不久死后焚为残灰，

里边可会有舍利两颗？

一颗是幻灭的蜃楼！

一颗是女尸的半裸！"

他说罢泣泣淹淹，

刹那间星斗满了天 ——

人们都忘了是行路人，

悚悚地坐在寺门前；

烟味也不浓，

茶水更清淡！

像一只褐色的蜘蛛，

吐着丝将他们一一地绊！